# ELOGE

## DE

# MAURICE,

## COMTE DE SAXE,

*Duc de Curlande & de Sémigalle, Maréchal Général des Armées de Sa Majesté Très-Chrétienne, &c. &c. &c.*

## Par M. D.* * *

# A DRESDE,

*Et se trouve à Paris*

Chez D u c h e s n e, Libraire, Rue S. Jacques, au Temple du Goût.

# A MONSIEUR

## DE

# COLBERT,

*Marquis de Sourdis, Brigadier des Armées du Roi, Aide de Camp de feu M. le Maréchal DE SAXE.*

ONSIEUR,

*L'amour de la Patrie & de la Vérité ayant seul dicté ce foible Eloge du Comte*

*D E S A X E*, j'ai cru devoir vous l'offrir comme au premier Témoin des grandes actions de ce Héros. Tout le monde sçait dans quelle haute estime vous futes auprès de lui ; & si je voulois mêler votre Eloge avec le sien, je dirois combien il comptoit sur votre expérience & votre fidélité dans les occasions les plus importantes ; je parlerois des droits que vous eutes toujours sur son cœur, & la confiance d'un si grand Homme seroit le garant des vertus de celui qui la possédoit : mais je crains d'offenser votre modestie, & de renouveller vos douleurs. La Vérité qui parle est plus touchante que le mensonge & la flatterie. Je serois trop heureux si j'avois pû vous prouver mes sentimens, & le profond respect avec lequel je suis,

**M O N S I E U R,**

Votre très-humble &<br>
très-obéissant serviteur,<br>
MAILLET DU CLAIRON.

# ELOGE

## DE

# MAURICE,

## COMTE DE SAXE,

*Maréchal Général des Camps & Amées du Roi.*

'AMBITION & l'amour-propre ont toujours excité les hommes à se distinguer par les actions les plus éclatantes : la sagesse des Loix, la perfection des Arts, la gloire des Empires, sont les monumens de leurs bienfaits : la corruption & le renversement de ces grands

avantages, le font également de leur fureur.

Plus les hommes font vains, courageux & puiffans, plus la terre doit craindre les coups qu'ils peuvent porter à l'ordre des fociétés. L'Univers eft plein des débris qui dépofent contre la mémoire des plus fameux Conquérans. Rome perdit la liberté fous des Chefs jaloux & ambitieux. La France a vû fouvent fes lauriers flétris par la rivalité de fes plus grands Capitaines. On croiroit la valeur ennemie des autres vertus fi Rome n'avoit eu fes *Scipions* & fes *Fabius*, comme la France a eu fes *Turenne* & fes *Villars* dont la gloire paffera fans tache jufques à la poftérité la plus reculée, & qui par les objets qu'ils ont donné à leurs paffions, en ont juftifié toute la force & toute la grandeur. C'eft parmi ces Héros immortels que fe trouvera placé *M A U R I C E, Comte DE SAXE, Duc de Curlande & de Semigalle, Maréchal Général des Armées de Sa Majesté Très-Chrétienne ;* grand par son courage, plus grand par sa fidélité, ses vertus ont éclaté par des actions d'où dépendoient la gloire de l'Etat & le bonheur des Peuples. Admirons un moment par quels chemins il est arrivé au faîte des honneurs ; & s'il est impossible de rassembler ces mêmes vertus & ses exploits, découvrons-en du moins la source & les effets.

Ce seroit à vous, illustres compagnons de ses victoires, témoins irréprochables de ses travaux & de ses succès, à publier les avantages qu'il tira de sa valeur, de sa science & de sa fidélité. Mais n'avez-vous pas prévenu tous les Eloges de ce Héros ? C'est ici, dit l'Officier reconnoissant, qu'il m'apprit à prévoir les ruses de l'Ennemi ; ce fût là, dit le Soldat couvert de blessures & de gloire, que je le suivis montant à la tranchée. Partout on le loue, partout on le pleure, & l'amour seul de la vérité a droit de peindre vos regrets & vos soupirs.          A iv

Le Comte *de Saxe* né avec toutes les qualités qui font les Héros, ne chercha point à les étouffer par des connoissances opposées à ses inclinations. Son oreille attentive & docile aux mouvemens de son cœur, n'étoit flattée qu'aux sons bruyans qui raniment & échauffent les Guerriers. Point de spectacle plus brillant à ses yeux que celui des évolutions militaires; point de plaisir plus vif que celui de monter un cheval fougueux & de le dompter. Un génie hardi, un courage invincible, une force extraordinaire, l'avoient rendu ennemi de toute résistance; le desir de vaincre fut sa première passion; elle tomboit sur tous les objets; aussi l'art des combats fut-il celui qu'il choisit, dès qu'il put marquer une volonté.

Mais l'homme qui ne suivroit que ses inclinations, sans leur prescrire de bornes, changeroit les plus beaux dons de la Nature en des vices cruels & honteux:

*Maurice* régla les fiennes fur les loix de l'honneur : il apprit d'abord à fe connoître , & vit ce qu'il devoit aux autres , en apprenant ce qu'il fe dévoit à lui-même. Au - deffus des erreurs de la Philofophie du fiécle , il avoit vû , que les hommes s'étant fait des loix , c'étoit aux plus fages à les diftribuer , & aux plus forts à les foutenir. Il étudia les Droits des Souverains & les devoirs des Sujets : né fur les marches du Trône , il fçut qu'il étoit fait pour le défendre , & non pour y monter : *Maurice* enfin vit tout au-deffous de lui , excepté l'honneur & fes loix.

Ce fut avec des fentimens auffi nobles & des qualités auffi rares, que le Comte *de Saxe* parut fur le théâtre du monde. Les regards fe fixent fur lui ; fon courage fait l'étonnement des *Schoulembourgs*, des *Eugénes* & des *Malbourougs* ; fes premiers pas tendent à l'Immortalité ; il la cherche fous les murs de Lille , de Mons, de Tournai ; aux Siéges de Riga

& de Béthune : c'eſt vainement que l'airain tonne, que le fer brille, que la mort ſe préſente avec toutes ſes horreurs ; ſon œil eſt fixe, ſon cœur eſt tranquille ; *Maurice* ne voit ces objets que comme des cauſes néceſſaires à ſa gloire : né pour ce qu'il eſt, ſa valeur ne ſera jamais factice ni momentanée ; elle tient à ſon exiſtence.

La fermeté, ſi néceſſaire à l'exécution des grandes choſes, fut une des qualités naturelles qui le diſtingua toujours. Le carnage de la fameuſe bataille de Malplaquet n'étonna pas plus ſes yeux que ſon cœur. Si la pitié ſe fit ſentir, il l'étouffa comme un ſentiment contraire au temps & aux lieux. L'habileté des Généraux, la bravoure des Combattans, firent ſur lui les plus vives impreſſions. Le feu des deux armées acheva de faire éclore le germe de l'héroïſme dont il avoit donné des marques dès ſa plus tendre enfance : nouvel *Hercule*, ſes jeux font les combats & l'amour de la victoire.

Le Prince *Eugéne*, craignant que la valeur du Comte *de Saxe* ne fût témérité dans un âge où l'on peut se tromper sur les idées attachées à la véritable gloire, lui en traça les chemins & les limites. Le jeune *Maurice* reçut cette leçon avec la modestie qui annonce le grand homme ; il montra dès-lors cet esprit de docilité d'autant plus nécessaire aux Militaires, qu'il est pour eux le premier devoir : il en étoit si rempli, qu'il ne s'en est jamais écarté sous aucun prétexte, & qu'il n'a jamais pardonné sous aucune considération à ceux qui y manquoient. C'étoit surtout dans les occasions désespérées que le courage de *Maurice* prenoit de nouvelles forces : on le vit à Crachnitz se faire une Citadelle d'une méchante hôtellerie, où secouru de quarante personnes, il résista à 200 Dragons & 600 Cavaliers qui cherchoient à l'enlever : l'attaque se fait en règle ; il se défend, combat &

leur échappe. Même réſiſtance à Miltaw contre 800 Ruſſes qui inveſtiſſent ſon Palais. La Flandre le verra un jour à la tête de quarante-cinq mille hommes tenir en échec une armée formidable, pendant une Campagne entière, ſans qu'elle ait pû le forcer à livrer bataille. Cette opération ſera ſans doute l'effet d'une grande expérience ; mais la fermeté & le courage en ſeront toujours les principes.

Guidé par ſon ardeur, il chercha la guerre partout où elle étoit : la Saxe, la Moſcovie, la Suéde, la Hongrie, furent tour-à-tour les témoins de ſes premiers exploits. Le deſir de voir le grand *Charles XII* l'avoit conduit aux Siéges d'Uzdon & de Stralzund, que ce Prince défendoit en perſonne. Il s'expoſa aux plus grands dangers pour pouvoir approcher ce Héros. Que *Charles* lui parut grand au milieu de ſes Grenadiers, ſeuls Courtiſans dont il partageoit la nourriture & les peines ! Il ne voit rien qui annonce le luxe & la molleſſe des Cours ; il y voit encore moins la perfidie ſous le maſque de la ſincérité : tout y reſpire un air dur & ſauvage , mais vrai : il juge de là d'où vient la puiſſance du Vainqueur de Narva. Le compte qu'il ſe rend des mœurs & des victoires d'un Monarque né pour la guerre , & le bonheur de ſon Peuple , ſi ſon ambition avoit été réglée , lui fit toujours mépriſer les Sybarites & les flatteurs.

Le Comte *de Saxe* avoit étonné le Nord & l'Allemagne par ſa valeur ; le bruit s'en étoit répandu aux extrémités de l'Europe ; mais ſon ambition n'étoit pas ſatisfaite ; il falloit quelque choſe de plus à ſon amour-propre. Combien de talens , combien de vertus lui avoient été inutiles ! La France lui offre de quoi les faire valoir : les mœurs de cette Nation lui paroiſſent avoir les plus grands rapports avec ſon caractère ; il y voit l'honneur comme le principe de toutes les vertus.

Agiſſant toujours conformément à ſes inclinations , il n'apporta point dans nos
climats un cœur étranger : le Royaume
où il s'attacha devint ſa Patrie ; le Prince
qui gouvernoit devint ſon Maître , la Re-
ligion fut l'objet de ſon reſpect , s'il ne
fut pas celui de ſa Foi ; & l'honneur en
fit un Sujet fidèle , comme il en devoit
faire un grand Général.

Eclairé par l'expérience , il ſentit le
beſoin de joindre les ſecours de l'étude
aux talens qu'il avoit reçus de la Nature ;
il ne laiſſa point au hazard le ſoin de le
conduire au Port où il prétendoit arriver :
ſon amour - propre ne l'aveugle point ſur
les écueils qu'il doit éviter , ni ſur les dif-
ficultés qu'il doit vaincre ; il ſçait que la
ſcience du Pilote peut ſeule braver les
coups de la tempête , & qu'une faute
d'ignorance eſt preſque auſſi honteuſe
qu'une faute d'infidélité.

Pour être plus à lui-même, il s'arrache
au grand monde, dont il eût fait les déli-

ces par les agrémens de son esprit & la sincérité de son cœur. On se plaint, on lui reproche sa retraite ; on veut même lui en faire un crime. Eh! qui connoît mieux que *Maurice* ce qu'il est, ce qu'il peut & ce qu'il doit ? Vous le verrez justifier sa conduite aux yeux de l'Univers; il conservera vos vies, défendra vos héritages ; son nom sera l'effroi de vos Ennemis & le garant de votre gloire. Sa sagesse n'échappe point aux regards des connoisseurs ; le Chevalier de *Folard* le voit, & l'annonce comme le Héros du siécle. Mais si le sçavant Commentateur de *Polybe* connut *Maurice*, il en fut connu de même ; il devint son compagnon de voyage, son confident & son meilleur ami. Le tableau universel des guerres étoit sans cesse devant leurs yeux; le jour suffisoit à peine à leurs méditations ; les songes de la nuit retraçoient les combats de la Grèce ou de Rome: *Maurice* est arraché des bras du sommeil pour écrire une observation : ardent pour le plaifir, plus ardent pour la gloire, s'il parle, s'il écrit c'est de fon métier ; c'est pour en approfondir les fecrets ou pour en étendre les connoiffances : il s'exerce & fe fortifie pendant le repos, comme ces Athlètes, qui n'entroient en lice qu'après s'être longtemps affurés de leurs forces.

La fcience jointe à la bravoure le rendra Vainqueur des lignes d'Etlingen ; il les forcera, mettra en fuite les Ennemis, s'emparera de leur artillerie & ouvrira un chemin aux plus brillantes conquêtes : la Capitale de la Bohême fera prife d'affaut ; Egra fubira le même fort : il marchera de victoires en victoires, laiffant toujours après lui l'eftime & l'admiration. Que ne pouvez - vous être partout, mon cher Comte, lui écrivoit un jour l'Empereur *Charles VII* ? Que cet Eloge annonce bien la fupériorité de celui qui le reçoit & les lumières de celui qui le donne !

Perfonne n'entendit mieux les intérêts
d'une

d'une Armée que le Comte de *Saxe* ; aucun détail ne lui échappoit ; son grand art étoit de connoître parfaitement les hommes qui la compofoient : placé pour obéir aux uns & commander aux autres, il donna toujours des exemples. Le Maréchal d'*Asfeld* l'appelloit fon bras droit : dans tous fes grades on l'a vu jouir de la confiance de fes Supérieurs ; rien n'eft au-deffous de lui , pour la mériter , parce que rien ne lui paroît plus grand que de remplir fon devoir : il veut arriver à la gloire , mais par des chemins glorieux : s'il expofe fa vie , il ne veut pas expofer fon honneur ; il ne fe permet aucune infidélité , aucune de ces perfidies , dont la jaloufie eft capable. Il mettoit un prix aux fervices que l'on rend à la Patrie : nourri dans les combats il connoiffoit l'efprit des Combattans & ne s'aveugloit point fur les motifs qui déterminent les Guerriers : la véritable gloire , c'eft le petit nombre ; l'ambition, l'intérêt, l'orgueil & la nécef-

B

fité, voilà la multitude : auffi ne fut-il pas aifé de lui en impofer à cet égard ; auffi le Soldat brave & docile fut-il à fes yeux toujours plus refpectable que l'Officier téméraire & infidèle. Les agrémens de l'efprit ne lui déroboient aucun défaut du cœur : mauvais Courtifan, mauvais Politique peut-être, mais Guerrier impénétrable, habile, prudent & judicieux, c'eft aux Champs de Mars qu'il voit les vertus, qu'il les juge & les récompenfe.

La réponfe qu'il fit un jour à un Ambaffadeur de Hollande montre bien que la Politique du grand Homme eft de n'en point avoir. Ce Miniftre lui ayant demandé ce que l'on penfoit à la Cour d'un Traité d'Union qui venoit d'être figné à Varfovie par les Alliés, il lui répondit, que ce Traité étoit indifférent à la France ; & que fi le Roi vouloit, il en iroit luimême lire l'original à la Haye avant la fin de l'année. On n'a point à craindre les détours d'un pareil Ennemi, mais toutes les vertus d'une grande ame.

Sa fidélité ne fut ni faftueufe ni rampante, elle étoit digne de lui & d'un Monarque ennemi des flatteurs & du menfonge. LOUIS a le cœur tendre & reconnoiffant, l'efprit jufte, & il eft ROI ; les vertus n'ont qu'à paroître : la multitude des récompenfes, les foins du Trône, les intrigues de la Cour, ne peuvent rien faire perdre aux fervices des Héros.

François, Sujets heureux du plus jufte des Rois, vous avez rempli vos faftes des marques de fa clémence & de fa bonté ; que les honneurs, la confiance & les biens accordés à *Maurice* foient les monumens de fa fageffe & de fa gloire.

Le rang où Sa Majefté avoit élevé le Comte *de Saxe* en le nommant Maréchal Général de fes Camps & Armées, faifoit voir ce Héros à découvert ; toutes fes actions alloient être au grand jour : plus il avoit fait, plus on étoit en droit d'attendre. Il avoit à vaincre ses ennemis comme ceux de l'Etat : sa bonne fortune pouvoit seule humilier les uns & dissiper les autres. Il avoit pour lui ses vertus & celles d'un Peuple animé par l'honneur ; mais le travail & l'étude furent toujours ses premiers garans ; il s'y livre tout entier ; il voit le sort des Empires & la vie des hommes confiés à ses volontés : ces objets le touchent, il s'étudie de nouveau ; il veut connoître jusqu'où peut aller la puissance de ses passions, ce qu'il en doit espérer, ce qu'il en doit craindre. Il cherche en lui ce génie qui seul fait les grands Hommes, & il découvre enfin que la science d'un Général est presqu'une science universelle, dont tous les secrets doivent lui être présens : que c'est à l'usage de ces connoissances qu'est attaché le véritable héroïsme, & qu'une méprise ou une foiblesse peuvent effacer mille belles actions : la mollesse d'*Annibal* à Capouë, le luxe de *Pompée* à Pharsale, font pour lui des exemples frappans. Combien de fois a-t-il réfléchi fur le fort de ces deux Capitaines, auffi célèbres par leurs fautes que par leur courage ?

La valeur & la fcience de *Maurice* furent néceffairement fuivies des plus brillans fuccès, qui lui gagnèrent bientôt l'entière confiance & l'amitié du Soldat : combattre fous fes ordres ou vaincre, c'étoit la même chofe ; & s'il eût jamais plié fous les coups de l'ennemi, la fortune auroit eu tous les torts. C'eft à cette confiance que tout Général habile doit prétendre ; elle multiplie les Combattans fans en augmenter le nombre ; l'efpérance & la joie marchent fous fes étendards, & fi la mort fe préfente, on ne la voit jamais que dans des champs couverts de lauriers.

Sa Majefté voulant elle - même commander fon armée en Flandre, choifit le Maréchal *de Saxe* pour exécuter fes ordres. La confiance de LOUIS ajoute encore quelque chose au zèle de *Maurice*. Quoique sa santé souffre, son ambition résiste à ses douleurs : si jamais il se montra Sujet fidèle & digne de sa haute fortune, ce fût sans doute sous les murs de Tournai quand la mort sembloit l'avoir choisi pour la première victime qu'elle vouloit immoler. Ce Héros, dans un état de foiblesse où l'ame se reconnoît à peine, où toutes les vanités de la terre paroissent telles qu'elles sont, même au cœur des plus ambitieux, où l'on ne jouit plus absolument que de ses vertus, *Maurice* est rappellé à la vie pour faire éclater dans un seul jour toutes les siennes.

Le moment d'une bataille approchoit ; Vienne, Londres, Paris, attendoient en tremblant ce que la Renommée alloit leur apprendre : les bords de l'Escaut retentissoient des bruits effrayans de la guerre ; les Peuples de l'Europe étoient consternés ; l'Aigle & le Léopard se regardoient en frémissant, & sembloient prévoir le coup qui devoit les abattre, quand LOUIS parut aux champs de Fontenoi. Sages dispositions, confiance du Soldat, ardeur de combattre, présence du meilleur des Rois, voilà le spectacle que présente l'Armée Françoise aux yeux des Ennemis. LOUIS voit l'étendue de sa puissance dans l'amour de ses Sujets : cent mille hommes prêts à donner leur vie pour la défense & la gloire de leur Patrie, un Héros dans les bras de la mort, retenant son ame pour pouvoir expirer victorieux aux regards de son Maître. Voilà le triomphe de la fidélité. Qu'il étoit beau de voir le Monarque & le Général confondre leurs idées sur l'exécution de ce vaste projet ! Le nombre ni la valeur ne les rassuroient que foiblement ; les Ennemis avoient les mêmes avantages s'ils n'avoient pas les mêmes droits : l'on prévit la défaite aussitôt que le succès & la sagesse dicta toutes les précautions possibles.

Images terribles des combats, disparoiſſez ; dérobez à nos yeux ces trophées ſanglans ſur leſquels vint ſe placer la victoire : Fontenoi n'eſt plus que le ſéjour de la mort ; des milliers d'hommes expirent par des tonnerres qu'ils ont eux-mêmes inventés : le meilleur des Rois & le plus tendre des Pères expoſé avec ſes premiers Sujets & ſon fils unique aux coups incertains des Ennemis : quels objets & quelles allarmes ! Ne voyons que *Maurice* apportant aux pieds de ſon Maître les lauriers qu'il vient de cueillir ; voyons L O U I S en couronner ce Héros aux yeux de ſon armée victorieuſe ; & que la gloire du Monarque ſoit à jamais le prix de la fidélité du Sujet.

Les conquêtes qui ſuivirent cette grande journée, ne ſervent qu'à montrer ſous des points de vue différens les vertus du Comte *de Saxe*. L'on combattoit à Fontenoi pendant que l'on aſſiégeoit Tournai : Bruxelles vit placer ſur ſes murailles les étendards de la France : ni la rigueur de la faifon, ni la valeur de fes troupes ne purent le défendre ; on triomphe fur les rives de la Meufe comme fur celles de l'Efcaut ; c'eft toujours même courage & même fageffe.

Les Ennemis qu'il avoit inftruit à force de les vaincre, fe flattèrent de pouvoir du moins une fois triompher à leur tour ; ils marchent avec cette confiance vers les murs de Maftricht ; Lawffeld eft le lieu qu'ils choififfent : raffurés par une pofi-tion avantageufe, & animés par le nom-bre, le courage & le défefpoir, ils atten-dent impatiemment le fignal du combat ; mais ils apprirent bientôt que l'homme de génie a des reffources inépuifables, & que fa fupériorité ne dépend abfolument que de lui-même. On ne vit jamais tant de différentes difpofitions que pendant l'aetion de cette bataille ; les mouvemens des Ennemis furent fi rapides, qu'il fallut toute l'expérience du Comte *de Saxe* pour les rendre inutiles. On le voyoit par tout oppoſer la force à la force, profiter des endroits foibles, changer les ordres, en donner de nouveaux, les rechanger encore, ſans ſçavoir ſi ces derniers pourront s'exécuter, & remporter enfin une dernière victoire qui mît les Alliés hors d'état de ſoutenir une guerre où ils avoient contr'eux la juſtice & la valeur.

La Paix fut le fruit des travaux du grand *Maurice ;* il avoit réuni le ſuffrage des Nations, l'amitié & la confiance de ſon Maître, ſeuls & dignes objets de ſon ambition & de ſon amour-propre. La diſcorde s'étoit cachée pour laiſſer régner l'abondance & les Arts : heureux par ſes vertus, nous le vîmes chercher la retraite, & s'y plaire dans la ſociété de quelques fidèles Amis. Son ambition ne portoit point ſur le gouvernement des Etats ; il étoit né pour commander en Maître ou ſervir en Héros ; & ſi la Curlande n'a pas eu le bonheur de vivre ſous ſes loix, elle aura toujours la gloire de l'avoir choiſi pour ſon Souverain.

Il ne fçut jamais flatter ni careffer la fortune ; fon ame étoit trop grande pour fe prêter aux caprices de cette aveugle divinité. Si l'on la vit fuivre fon char au milieu des combats , c'eft qu'elle y étoit enchaînée par les vertus de ce Héros : partout ailleurs il la méprifoit affez pour la laiffer libre.

Loin de la Cour & toujours lui-même , il fe retraçoit quelquefois à la tête de fes Hullans les images des combats , femblable à un voyageur qui voit avec plaifir , dans un tableau , les horreurs d'une tempête où il a été longtemps expofé.

Il voulut mériter notre admiration & notre reconnoiffance par les endroits les plus fenfibles. Il avoit expofé fon fang & fa vie pour nous défendre ; il voulut que ce même fang fût à jamais l'objet de nos refpects & de notre amour. L'Illuftre Dauphine qui fait aujourd'hui les délices de fon Epoux comme celles de la France, fut le gage de sa fidélité aux loix, à l'honneur & à la Patrie.

Les exemples du parfait Héroïsme, & quelques Ecrits sur l'art de la guerre, sont tout ce qui nous reste de ce Grand Hommes : ses actions ont été les preuves de ses vertus guerrières ; ses écrits le seront à jamais de sa science, de sa justice & de son humanité. On y voit partout un ami du Soldat : s'il parle de l'habillement, de la discipline, des batailles, des maladies, c'est avec une tendresse & une générosité qui marquent la plus belle ame : C'est ici que les regrets augmentent avec l'admiration ; nos yeux cherchent un Héros dont nos esprits & nos cœurs sont remplis ; mais les soupirs que nous entendons disent trop qu'il n'est plus. Le Léopard qu'il avoit terrassé se relève en menaçant tout ce qui l'environne ; notre Ennemi se bat avec la rage d'un Ennemi humilié, & la guerre qui avoit ses loix, n'en connoît d'autres que la vengeance, la fureur & la trahifon. On voit une nouvelle Carthage furpaffer la première en cruauté & en perfidie. Le François qui n'a point accoutumé fon cœur à de pareils outrages, implore *Maurice*, jette fes regards fur fon tombeau ; le Soldat en pleurs y va préfenter fes armes, il fe croit dans le Temple de *Mars* ; leur image eft femblable. Tels furent auffi les hommes dont l'antiquité fit des Dieux.

Il manqueroit quelque chofe à fa gloire, fi l'envie ne l'avoit point attaqué. Ses actions, fes écrits ne font pas exempts d'erreurs, s'il en faut croire ces Obfervateurs rigides, qui, fans foibleffe comme fans vertus, tiennent moins de l'être que du néant. Mais que fignifie ce reproche en lui-même, finon que *Maurice* étoit homme ? L'amour de la gloire fut fa première paffion ; l'amour du plaifir fut peut-être la feconde. Si cette dernière eût prévalu, *Maurice* n'eût été qu'un voluptueux ; le contraire a fait le Héros. Cent mille hom-

mes sans intrigue, l'ont pleuré & le re-
grettent : LOUIS le combla d'amitiés,
de biens & d'honneurs pendant sa vie ; il
a continué même au-delà du trépas : voilà
son Eloge ; ses véritables Juges ont pro-
noncé.

*Non fit ex quovis ligno Deus.*

FIN